BiLLie B. BROWN

SaLLY RiPPiN

Ⓑ Bruño

1.ª EDICIÓN

BiLLiE B. ES MUY bUENA

Título original: *Billie B Brown*
The Big Sister / The Little Lie
© 2011 Sally Rippin
Publicado por primera vez por Hardie Grant Egmont, Australia

© 2015 Grupo Editorial Bruño, S. L.
Juan Ignacio Luca de Tena, 15
28027 Madrid
www.brunolibros.es

Dirección Editorial: Isabel Carril
Coordinación Editorial: Begoña Lozano
Traducción: Pablo Álvarez
Edición: María José Guitián
Ilustración: O'Kif
Diseño de cubierta: Miguel A. Parreño (MAPO DISEÑO)
ISBN: 978-84-696-0371-0
D. legal: M-13928-2015
Printed in Spain

PAPEL DE FIBRA
CERTIFICADO

BiLLiE B. BROWN

La Hermana mayor

Capítulo 1

Billie B. Brown tiene tres
pijamas de bebé, dos vestiditos
y un osito de peluche.

¿Sabes qué significa la B
que hay entre su nombre
y su apellido?

¡Sí, has acertado! Es una B de

¡BEBÉ!

osito

TRES PiJamas

DOS VESTIDOS

La madre de Billie va
a tener un bebé. ¡Billie
va a convertirse
en hermana mayor!

Los pijamas y los vestidos
son de Billie. ¡Los usó ella!
Son pequeñísimos, pero al
bebé le van a quedar perfectos.

Billie está EMOCIONADA
con ser la hermana mayor.

Por eso, también ha decidido regalarle al bebé su peluche favorito, el señor Fred. ¿A que es todo un detalle?

Billie tiene al señor Fred desde que era muy pequeña. Está ya bastante estropeado, incluso le falta un ojo, pero Billie le tiene mucho cariño. Sin embargo, cuando nazca el bebé ya no va a necesitar al osito.

Ahora, Billie está jugando
a papás y mamás con Jack,
su mejor amigo.

Billie y Jack viven puerta
con puerta y son amigos
desde que eran chiquitajos.
Billie y Jack siempre están
juntos.

Billie y Jack están sentados en
la cabaña que han construido.
Estrujándolo mucho, Billie
consigue ponerle al señor Fred
un vestido rosa. El osito está
muy gracioso, y Billie y Jack
estallan en risas.

Hoy le toca a Jack cuidar
del bebé mientras Billie va
a trabajar.

—¡Menos mal que has llegado!
—dice Jack cuando ve volver
a Billie—. ¡El señor Fred no ha
parado de llorar en todo el día!

Billie se ríe y, cogiendo
al osito, exclama:

—¡Ya no quiero jugar a esto!
¡Vamos a jugar al fútbol!

Inmediatamente, Jack y Billie
corren al jardín a echar un
partido. Billie sienta al señor
Fred en la hierba, para que
los vea jugar.

Pero, de pronto, ¡madre mía,
qué nubes tan negras hay
en el cielo!

Enseguida empieza a llover,
así que Billie y Jack entran
corriendo en casa. Pero se han
olvidado de alguien... ¿Sabes
de quién? ¡Sí, lo has adivinado!
¡Del señor Fred!

Capítulo 2

Esa noche, la mamá de Billie le lee a su hija un cuento en la cama. Trata de una mamá elefante y su bebé. Es el libro favorito de Billie.

De repente, la madre de Billie deja de leer y hace un gesto extraño.

—¡Uy! ¡Creo que el bebé va a nacer! —exclama, y llama al papá de Billie.

Billie se levanta de la cama
y ayuda a su madre a bajar
las escaleras.

Su padre corre de acá para
allá, buscando todas las cosas
que necesitarán en el hospital.
De repente, Billie siente
UN NUDO EN EL estómago.

—¿Puedo ir con vosotros?
—pregunta.

—No, cariño —responde su
padre—. Recuerda que dijimos

que te quedarías en casa
de Jack cuando fuese
a nacer el bebé.

—¿Cuánto vais a tardar?
—replica Billie,
PREOCUPADA.

—No sé, hija —contesta
su madre, y le aprieta la mano
que le acaba de coger—.
Pero piensa que la próxima
vez que me veas ¡tendrás
un hermanito
o una hermanita!

Sin embargo,
Billie decide que ya
NO QUIERE
SABER NADA
del bebé. ¡Billie
quiere estar con su madre!

La niña frunce el ceño y se
esfuerza por no llorar. Cada
vez se siente peor.

—No pasa nada, Billie
—le dice su padre
con dulzura,
intentado
calmarla.

Poco después, la madre
de Jack aparece para llevarse
a Billie a su casa. Ambas ven
cómo los padres de la niña se
alejan en coche.

Mamá le lanza un beso,
pero Billie está mirando
al suelo y no lo ve.
No quiere que sus
padres se
vayan sin
ella.

Billie está
muy triste,
así que la madre
de Jack la abraza.

—Te he preparado una cama
en la habitación de Jack
—le dice para animarla
mientras caminan
hacia la casa de al lado.

Jack ya está dormido.
Su mamá le dice a Billie
que se meta en la cama
de invitados
y la arropa.

La habitación
de Jack tiene un
aspecto extraño
en la oscuridad.
Billie preferiría estar
en su cama, la verdad.

Se queda quieta
un momentito, pero
entonces, de repente,
se incorpora y susurra:

—¡El señor Fred!
¡Necesito
al señor Fred!

—Iremos a buscarlo mañana, cariño —replica la madre de Jack—. ¿Qué te parece si esta noche duermes con uno de los muñecos de Jack?

La mamá de Jack le da a Billie un conejito de peluche azul y blanco. Es muy suave y mullido y huele muy bien, pero no es como el señor Fred.

Billie está tumbada en la oscuridad, hecha un ovillo porque está muy PREOCUPADA.

¡No recuerda dónde ha dejado
al señor Fred!

Pero tú sí que te acuerdas,
¿verdad?

CAPÍTULO 3

Al día siguiente, Billie
desayuna con Jack y su familia.
Aunque no tiene mucha
hambre, la verdad,
y remolonea con la comida.

De repente, llaman a la puerta.
¡Es el papá de Billie!

—¡Hola, mi cielo! —dice
emocionado—. ¿Sabes qué?
¡Tienes un hermanito!

—¿Hermanito? —pregunta
Billie frunciendo el ceño—.
Pero ¡yo quería
una hermanita!
¿Ahora quién
se pondrá
los vestidos
y los
pijamitas que
YO me ponía
cuando YO era
un bebé? ¡Es
increíble!

—Ya lo verás, Billie,
¡es una monada!
—replica su padre
dándole un abrazo—.
Y seguro que estará
muy guapo con tus
vestiditos rosas.

Ese comentario anima
un poco a Billie, así que
sonríe. Pero no mucho.
Solo un pelín...

—¿Dónde está mamá? ¿Vendrá
hoy a casa? —pregunta luego
la niña, ESPERANZADA.

—Todavía no, cariño. Tiene
que descansar. Se quedará en
el hospital unos días. Pero
podemos ir a verla siempre
que queramos.

—¡Unos días! —repite Billie—.
¡Quiero que mamá venga
a casa ya! —exclama, muy
ENFADADA, y se pone
a PATALEAR.

El padre de Billie lanza un
suspiro. Después, les da las
gracias a los padres de Jack
y se lleva a la niña a su casa
para que se vista.

Billie está muy confundida.

Por un lado, está DESEANDO conocer a su nuevo hermanito, pero NO LE HACE GRACIA que sea un niño y no una niña.

Por otro lado, está DESEANDO ver a su madre, pero le FASTIDIA que vaya a quedarse unos días más en el hospital.

Todos esos sentimientos
borbotean en la tripita de Billie
como si fueran un batido.
De plátano, claro, porque
ya sabes que el plátano es la
comida favorita de Billie.

A Billie le encantan
los batidos de plátano,
los sánwiches de plátano,
los helados de plátano...

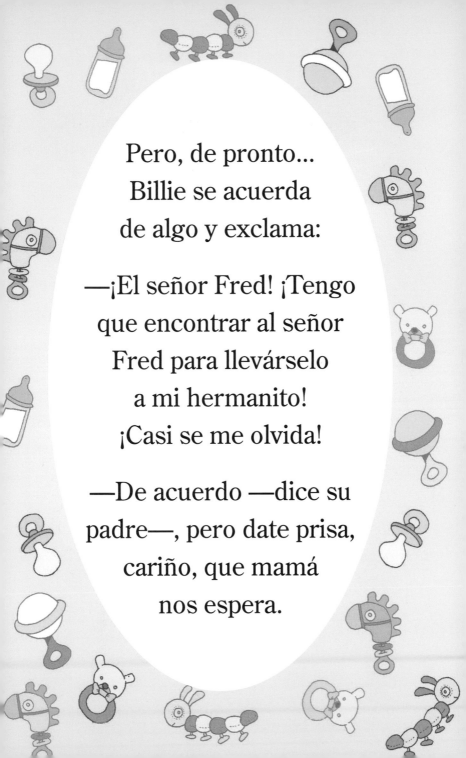

Pero, de pronto...
Billie se acuerda
de algo y exclama:

—¡El señor Fred! ¡Tengo
que encontrar al señor
Fred para llevárselo
a mi hermanito!
¡Casi se me olvida!

—De acuerdo —dice su
padre—, pero date prisa,
cariño, que mamá
nos espera.

Billie busca al señor Fred
por todas partes.

Primero mira debajo
de su cama, pero no está.

Después mira en su caja
de juguetes ¡y descubre que
el osito tampoco está ahí!

La niña busca por todas partes,
pero ¡no hay quien encuentre
al señor Fred!

¿DÓNDE está el osito?

—Billie, tenemos que irnos —anuncia entonces su padre—. Ya le llevaremos el peluche a tu hermanito la próxima vez que vayamos a verlo.

—¡No! ¡Yo no me voy sin el señor Fred! —grita la niña, poniéndose a PATALEAR de nuevo.

—¡Billie, ya basta! —exclama su padre, AGOTADO—. Tienes que comportarte como una chica mayor.

—¡YO no quiero ser mayor! ¡YO también quiero ser un bebé! —llora Billie.

—De acuerdo —dice su padre con dulzura, abrazándola—. Tú siempre serás mi bebita, Billie. Pero ¿qué te parece si vamos a ver a mamá? Buscaremos al osito cuando volvamos a casa.

Finalmente, Billie deja de llorar y le devuelve el abrazo a su padre.

Capítulo 4

Billie y su padre llegan al hospital.

Su madre está en la cama, sentada. En cuanto ve a su hija, abre los brazos y Billie salta y la abraza.

—Ahí está tu hermanito. Se llama Tom. ¿A que es precioso? —dice mamá, señalando una cuna de plástico, y Billie mira dentro.

A Billie su hermano
le recuerda a un gusanito.
Tiene la cara fofa y roja.
A Billie no le parece precioso.
En absoluto.

—¿Te gustaría cogerlo?
—le pregunta su madre.

—Pues no —responde Billie,
que se arrima a su madre para
que le haga mimitos—. Quizá
después…

Luego, mamá le da permiso
a Billie para que cambie
los canales del televisor.
Más tarde la niña le cuenta
que el pobre señor Fred
se ha perdido y enseguida llega
la hora de irse.

Billie se despide de su madre
con un beso. Y hasta le da otro
a Tom. Entonces Billie
descubre que el bebé huele
bien, ¡a batido de plátano!

—¡Adiós, adiós, hermanito!
—dice Billie suavemente.

En ese momento, Tom abre los ojos y mira a Billie. Una pequeña sonrisa asoma a su carita y después vuelve a cerrar los ojos.

—¡Me ha sonreído! —exclama Billie.

—¡Billie, eres la primera persona a la que le sonríe! —dice mamá.

—Eso es porque sabe que eres su hermana mayor —añade papá.

Billie se siente muy ORGULLOSA. ¡Le ha caído bien a Tom! Después de todo, quizá sea divertido ser la hermana mayor.

—¡Venga, hay que irse! —anuncia papá—. Tenemos que ir a casa a buscar al señor Fred, ¿no?

Cuando llegan, ven a Jack
sentado ante la puerta principal,
esperando. Tiene algo entre los
brazos. Algo blandito y peludo,
mojado y lleno de barro.

—¡Señor Fred! —grita Billie.

—¡Ay, Billie! ¿Lo has dejado
fuera, en mitad de la lluvia?
—le pregunta su padre.

Billie dice que sí con la cabeza
y después abraza al osito.
¡Lo ha echado tanto de menos!

—Creo que ya no quiero
regalárselo a Tom. Me parece
que está demasiado viejo
y sucio para él.

Billie sabe que, aunque ser
la hermana mayor resultará
divertido, de vez en cuando le
apetecerá VOLVER a SENTiRSE
UN bebé. Y para esas ocasiones
NECESiTA al señor Fred.

—Entonces, ¿qué le vas a
regalar al bebé? —le pregunta
Jack.

—Mi hermano necesita otro
oso de peluche —contesta
Billie, sonriendo—. ¡Un oso
solo para él! ¿Y sabes qué?
¡Creo que el señor Fred
necesita un baño! —añade,
y se le escapa una risita.

BILLIE B. BROWN

La
MENTIRIJILLA

Capítulo 1

Billie B. Brown tiene tres tiritas en la cara, los dos brazos en cabestrillo y la cabeza vendada.

¿Sabes qué significa la B que hay entre su nombre y su apellido?

¡Sí, has acertado! Es la B de

BASTANTE
ACCIDENTADA

Billie está jugando con Jack,
su mejor amigo.

Jack y Billie son amigos desde
bebés, viven puerta con puerta
y van al mismo cole y a la
misma clase.

Billie y Jack juegan a un montón
de cosas que se inventan ellos
mismos.

En esta ocasión, están jugando
a cazar dinosaurios: dinosaurios
verdes y con muchos dientes.

De pronto, un dinosaurio
gigante pasa por encima
de Billie, PISOtEáNDOLa.

 53

¡Qué accidente tan tremendo!

Billie tiene los dos brazos rotos. ¡Y quizá la cabeza también!

Pero no te asustes, ya sabes que Billie y Jack solo están jugando.

En este momento, Jack el Cazador finge que está vendando a Billie.

—Ya me encuentro mejor
—dice ella, quitándose las
vendas, y luego añade—:
¡Salgamos fuera a cazar más
dinosaurios!

Así que Jack y Billie salen
corriendo al jardín con sus
arcos y sus flechas de juguete.

El arco de Billie es rojo,
y el de Jack, verde.

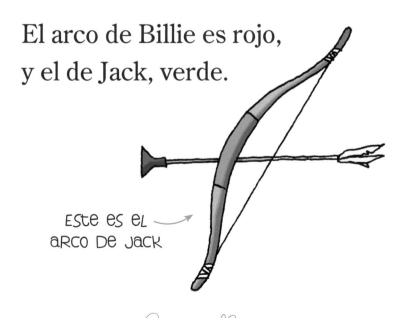

ESTE ES EL
ARCO DE JACK

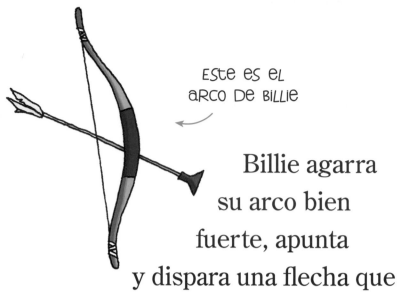

ESTE ES EL
ARCO DE BILLIE

Billie agarra su arco bien fuerte, apunta y dispara una flecha que sube, sube y sube. Y luego baja, baja y baja. Y cae justo encima del tejado del cobertizo.

—¡Oh, no! —exclama Billie—. ¡Esa era nuestra última flecha!

—No te preocupes, podemos jugar a otra cosa... —sugiere Jack.

Sin embargo, Billie no quiere
jugar a ninguna otra cosa.
¡Ella quiere seguir jugando
a los cazadores!

De modo que, ni corta
ni perezosa, se
sube a la valla
para buscar
la flecha.

La valla es
bastante alta
e inestable,
pero Billie
consigue
trepar por
ella.

Una vez arriba, se estira
y se pone de puntillas, hasta
que llega a la altura del tejado
del cobertizo.

—¡Ya veo la flecha! —grita
para que Jack la oiga—.
¡Está justo en el borde
del tejado! Seguro que
la alcanzo.

—¡Ten cuidado, Billie!
—chilla Jack, angustiaDo—.
¿No será mejor que llamemos
a tus padres?

Billie se inclina
hacia delante
muy, muy despacio,
pero ¡oh, no!

De pronto la niña se resbala,
cae al suelo sobre un brazo
y grita de dolor.

¡POM!
¡AY!

Jack se acerca
corriendo
y le pregunta
a su amiga:

¡MENUDA CAÍDA!

—¿Estás bien, Billie?

La niña se sujeta el brazo contra la tripa y mueve la cabeza hacia delante y hacia atrás.

—¡AY, ay, ay! —se queja, arrugando los ojos por culpa del dolor.

—¡Cariño! ¿Qué te ha pasado? —le pregunta su madre, que sale corriendo al jardín y se inclina sobre ella.

60

—Me he caído de la valla —se LAMENTA la niña.

—¿Y qué hacías ahí arriba? Bueno, da igual. ¡Tenemos que llevarte al hospital enseguida!

¡El hospital! Aunque le duela el brazo, Billie no puede evitar sentirse un poquito EMOCIONADA. ¡Es una emergencia de verdad!

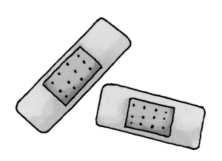

CAPÍTULO 2

La madre de Billie deja a Tom, el bebé, con la madre de Jack y se lleva a su hija al hospital. Una doctora la conduce hasta una sala de rayos X, le hacen una radiografía y después le dice:

—Me temo que tienes el brazo roto, Billie. Tendremos que ponerte una escayola hasta que se cure.

—¡Hala! ¿En serio? —replica Billie, emocionada.

¡Billie va a llevar una auténtica escayola y el brazo en cabestrillo! Billie está impaciente

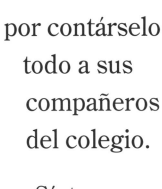

por contárselo todo a sus compañeros del colegio.

Sí, tener un brazo roto es super-mega-ultraguay...

Billie todavía recuerda cuando
Lola llegó a clase diciendo que
se había torcido un tobillo.
Contó su historia una y otra
vez, estuvo cojeando de acá
para allá, y todo el mundo
quería sentarse con ella
a la hora de comer.

A la mañana siguiente, cuando
Billie y Jack llegan al cole,
Poppy está en la puerta.

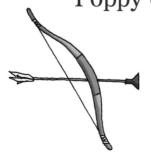

—¡Uy! —exclama—. ¿Qué te ha pasado en el brazo, Billie?

—¡Me lo he roto! —responde la niña.

—¡Hala! ¿Y cómo ha sido?

—Se ha caído desde lo alto de una valla —interviene Jack.

—¡Voy a decírselo enseguida a Helen y a Sarah! —replica Poppy, y se marcha corriendo.

Billie y Jack entran en el patio del colegio.

Enseguida, Sarah, Helen y Poppy se acercan corriendo para ver a Billie.

—¡Poppy dice que te has caído de una valla y que te has roto un brazo! —exclama Helen.

—Es verdad —contesta Billie, muy ORGULLOSA.

Siente que DESTACA, Y ESO LE ENCANTA.

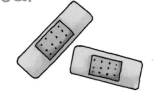

Billie está muy feliz,
y de repente tiene una
idea.

Se le acaba de ocurrir algo que
hará que todo el mundo quiera
ser su amigo.

—En realidad estaba
rescatando a mi hermanito
—afirma Billie, muy
convencida.

—¡¿Cómo?! —replica Jack.

Billie le mira con cara de malas
pulgas y continúa:

—Sí, mi hermanito trepó a la
valla y estuvo a punto de caerse.

—¡Qué
hazaña!
¡Vamos a
contárselo
a los demás!
—exclaman las chicas,
echando a correr.

—¡No os olvidéis de contárselo
a Lola! —grita Billie, que se
gira y sonríe a Jack.

Pero Jack está MUY SERIO.
¿Te imaginas por qué?

Capítulo 3

—¿Qué te ocurre? —le pregunta Billie.

—No fue así —contesta Jack, frunciendo el ceño—. Esa historia te la has inventado.

—¿Y qué? ¡Solo estoy jugando!

—No. ¡Lo que estás haciendo es mentir! —exclama Jack.

Ahora es Billie la que frunce el ceño.

—Bueno, en realidad
no. Solo es una
mentirijilla —dice.

—¡No! —insiste Jack—.
Una mentira es una mentira.
Da igual el tamaño.

Billie y Jack se miran,
desafiantes, y de pronto
las chicas vuelven
con Rebecca
y Lola.

—¡Helen dice que has
rescatado a tu hermano y que
por eso te has roto el brazo!
—exclama Rebecca, sin aliento
de tanto correr.

—Es cierto —contesta Billie
sin mirar a Jack—. Y, además,
había un perro peligroso al
otro lado de la valla.

Bebé

¡PERRO
MALÍSIMO!

Las chicas se quedan muy sorprendidas y Billie sonríe ORGULLOSAMENTE.

—En realidad era un cocodrilo —se corrige—. Nuestros vecinos tienen un cocodrilo muy feroz.

¡COCODRILO ENORMÍSIMO!

¡DIENTES GIGANTES!

BEBÉ

—¡No te creo! —replica
Lola—. No hay nadie que
tenga un cocodrilo como
mascota. ¡Eres una embustera!
¡Y apuesto a que ni siquiera
tienes el brazo roto!

Acto seguido, Lola gira
en redondo y echa
a correr al edificio.
Las demás chicas la siguen
inmediatamente.

—¡Que me lo he roto! ¡De
verdad de la buena! —les chilla
Billie—. ¿Verdad que sí, Jack?

Billie mira a su amigo, pero él no dice nada. Luego se aleja, dejándola sola.

Billie no lo entiende: ¡se suponía que el brazo roto

la iba a convertir en la chica más famosa del cole! Pero ya ni su mejor amigo le dirige la palabra...

Billie, muy triste, se sienta bajo un enorme árbol.

La pobre se encuentra fatal.

Le duele el brazo y le duele la tripa.

Quiere volver a casa...

  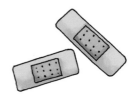

Billie solo deseaba dos cosas:

① Que sus compañeros se sentaran a su alrededor a la hora de la comida, a escuchar su historia.

② Que le firmasen la escayola y le hicieran dibujitos.

Ahora, sin embargo, no se va a cumplir ninguno de sus deseos.

Billie tiene muchas cualidades. Es buena y divertida, aunque, a veces, un pelín mandona.

Pero, por encima de todo,
Billie B. Brown tiene
valor. Como sabe
lo que debe hacer,
finalmente respira
hondo y entra en clase.

¿Qué crees que hará? ¿Te lo
imaginas?

Capítulo 4

Cuando Billie entra en el aula, todo el mundo está sentado en círculo en el suelo. La señorita Walton está a un lado.

—¡Vaya, Billie! —exclama la profesora—. Parece que tienes algo especial que mostrarnos esta mañana. ¿Quieres compartirlo con nosotros?

Billie dice que sí con la cabeza y se coloca donde todos puedan verla.

—Bueno, ayer me rompí un brazo —dice, y lo señala con el dedo.

—Ya veo —replica la señorita Walton—. ¿Cómo ocurrió, Billie?

Billie siente que se le enrojecen las mejillas. El corazón le late rapidísimo. Mira a Jack, pero él no la está mirando a ella, sino al suelo.

—Pues… me caí de la valla —dice Billie muy bajito—. Estaba intentando coger una flecha del tejado del cobertizo.

En ese momento, Billie oye cómo a Helen se le escapa una risita, y ella se pone aún más nerviosa.

—No debes subirte a las vallas, cariño —replica la profesora—. En fin, ¿alguien quiere hacerle alguna pregunta a Billie?

Lola levanta la mano la primera.

—Yo creía que estabas rescatando a tu hermanito de un cocodrilo —comenta, y se oyen risitas aquí y allá.

Billie vuelve a respirar hondo.
Ve que Jack ahora sí la está
mirando.

Aunque su estómago da botes
de lo NERVIOSÍSIMA que está,
SE aTReVe a CONFeSaR:

—Eso me lo inventé. Pensé
que así la historia sería más
emocionante.

La señorita Walton sonríe
y dice:

—Está claro que tienes
mucha imaginación, Billie.

85

¿Qué te parece si pones por escrito esa historia? Bueno, ¿hay más preguntas, chicos?

Rebecca levanta la mano inmediatamente, como si tuviera un resorte.

—¿Sí, Rebecca? —dice la profesora.

—¿Puedo firmar tu escayola, Billie? —pregunta la niña.

—¡Yo también quiero! —exclama Poppy.

—¡Y yo! —suelta Helen.

—¡Y yo! —añade Sarah.

—Vale, chicas, tranquilizaos
—dice la señorita Walton—.
Ya tendréis tiempo de firmar
la escayola de Billie a la hora
de la comida. Gracias, Billie,
puedes sentarte en el círculo.

Billie sonríe. Está CONTENTA de nuevo. ¡Ahora seguro que todo el mundo querrá sentarse a comer con ella! Aunque, en este preciso momento, solo hay una persona con la que ELLA quiera sentarse.

Mira a Jack. Él le dedica una sonrisa. Y lo mejor de todo: se echa a un lado para que Billie se siente en el suelo junto a él.

BILLIE B. BROWN

❀ ÍNDICE ❀

TÍTULOS DE LA COLECCIÓN